D1072984

Le Rêveur polaire

Laurent Chabin

Le Rêveur polaire

Boréal

Les Éditions du Boréal sont inscrites au Programme
de subvention globale du Conseil des Arts du Canada
et reçoivent l'appui de la SODEC.

Maquette de la couverture : Gianni Caccia
Illustrations : Luc Melanson

© Les Éditions du Boréal
Dépôt légal : 3e trimestre 1996
Bibliothèque nationale du Québec

Diffusion au Canada : Dimedia
Distribution et diffusion en Europe : Les Éditions du Seuil

Données de catalogage avant publication (Canada)
    Chabin, Laurent, 1957-

    Le Rêveur polaire

    (Boréal junior + ; 47)

    ISBN 2-89052-774-3

    I. Melanson, Luc. II. Collection : Boréal junior ; 47.

PS8555.H17R48   1996   jC843'.54   C96-940771-8

PS9555.H17R48   1996

PZ23.C42Re   1996

LE CHAT NOËL

Il y a très longtemps, c'était en 1872 exactement, à Borge pour être précis, tout près
d'Oslo, en Norvège, naissait un petit garçon.

Ça n'a rien d'extraordinaire, bien sûr. Des
petits garçons qui naissent, il y en a des mil-
lions. Mais celui-là était bien particulier. Il était
le seul à s'appeler Roald Amundsen.

Puis Roald grandit comme la plupart des
enfants, entre son père et sa mère. Seulement,
dans la maison, il y avait aussi un autre personnage. Un personnage un peu mystérieux,
dont il allait garder toute sa vie le souvenir.

Ce sera son plus ancien souvenir, assez dif-
fus mais ineffaçable : dans la lumière verte de
l'hiver, évitant soigneusement les meubles, à la
fois majestueux et nonchalant, monsieur
Twdlldm traverse lentement le salon.

Twdlldm, comme son nom l'indique, était
un gros chat bleu avec des yeux verts. Gros,

silencieux et débonnaire. Twdlldm, bien sûr, ce
n'était pas son vrai nom, mais comme ce nom
était imprononçable, il fallait bien qu'on l'ap-
pelle comme ça.

Dans la vie, Twdlldm était donc chat chez
Roald Amundsen. On lui ouvrait au moins une
boîte de nourriture par jour, il avait le droit de
dormir sur le lit, il ronronnait tout son saoul.
C'était une bonne vie.

En véritable chat, Twdlldm ne riait ni ne
pleurait. On ne pouvait lire son expression ni
sur son visage ni sur ses lèvres, mais tout au
fond de ses yeux verts. Et encore, c'était écrit
dans une langue inconnue.

Quelquefois, la nuit, ses yeux s'allumaient dans le noir, ou plutôt ils s'ouvraient comme deux fenêtres sur un abîme insondable, vert et phosphorescent, et tout là-bas, très loin, on pouvait deviner ses pensées, nonchalamment étendues sur un grand tapis vert.

Les jours de Twdlldm se suivaient et se ressemblaient, meublés de siestes et de chasse à la souris dans le jardin. Et comme il était philosophe, son année s'écoulait, plate comme une galette, dans un monde lisse comme une fesse de bébé.

Il en fut ainsi jusqu'au jour où Twdlldm fit sa première fugue. Le petit Roald avait cinq ans, et Twdlldm était fort intrigué depuis quelques années par un gros bonhomme mystérieux, vêtu de rouge et de blanc, qui entrait une fois par an dans la maison à son nez et à sa barbe.

Cela avait commencé l'année suivant la naissance de Roald et, depuis, tous les ans, en hiver, cela se répétait. Dès le 1er décembre, le cerveau du chat se mettait à fonctionner de la même façon qu'est conçu un calendrier de l'avent : chaque matin, jusqu'au 25 décembre, une petite fenêtre s'ouvrait entre ses deux oreilles. Et chaque matin on y lisait la même question : mais qui est-il donc ?

Lui qui connaissait par cœur le moindre recoin de la maison, qui avait testé les genoux de chaque visiteur, qui saluait les araignées par leur prénom, jamais il n'avait pu mettre la patte sur ce fameux bonhomme qui traversait les murs dans la nuit du 24 au 25 décembre.

Il n'était pas réellement curieux mais, vraiment, ce bonhomme Noël qui arrivait ainsi à passer incognito, c'était une tache insupportable sur la grande nappe blanche de sa vie silencieuse. Sous son air désinvolte, il était miné par cette question et, chose incroyable, Twdlldm en vint à maigrir chaque année, à l'approche de Noël.

Cependant il n'avait pas l'habitude de s'étendre sur ses états d'âme. Quand un matin du 1er décembre il ne rentra pas à la maison, après qu'il eut passé la nuit dehors, ni Roald ni ses parents ne purent deviner la raison de cette absence.

On crut Twdlldm tué par un chasseur, écrasé par une voiture ou volé par un voleur de chats. Mais il n'en était rien. Twdlldm était tout simplement parti vers le Nord, vers le pays du père Noël.

Son voyage dura extrêmement longtemps, car les moyens de transport de l'époque n'étaient pas conçus pour les chats. Twdlldm évita le chemin de la côte, qui multipliait par trois ou quatre la distance à parcourir à cause des innombrables fjords.

Il choisit donc de traverser la péninsule scandinave jusqu'au golfe de Botnie et de remonter jusqu'à la Finlande. Là l'attendaient les tempêtes de neige. Mais il sillonna le pays des soixante mille lacs vaillamment, des stalactites de glace accrochées aux moustaches, sans se reposer ni dormir, pendant des jours et des jours.

Son poil n'avait plus le temps de sécher, mais il continuait son voyage en direction du cercle polaire. En arrivant en Laponie, sa fourrure avait un peu blanchi et ses yeux fatigués portaient en permanence des larmes épaisses à demi gelées. Il franchit néanmoins le cercle polaire et continua sa progression vers le Nord.

Il n'y avait plus de vent. Tout était blanc, immense et silencieux, et Twdlldm avançait comme le fait un doigt sur une feuille. Rien n'indiquait que le père Noël se trouvât dans les environs. En fait, rien n'indiquait quoi que ce soit.

Tout au plus, de temps en temps, deux gnomes pointaient la tête hors de la neige et riaient dans son dos, mais Twdlldm était si épuisé qu'il ne s'apercevait de rien. Sa fatigue était telle qu'il commençait à perdre sa substance. Son poil devenait blanc et ses yeux transparents. Quand, finalement, il atteignit le cap Nord, il était si absolument blanc que dans le blanc de la neige on ne le voyait pas plus que s'il avait été une pincée de sucre jetée au vent.

Il regarda une dernière fois de ses yeux d'eau claire la banquise qui enserrait la côte, puis, ne voyant rien ni personne, il se coucha et s'endormit enfin. Il était devenu presque aveugle. Son voyage avait duré vingt-quatre jours.

* * *

Le matin de Noël, madame Amundsen le retrouva au pied du sapin, emmitouflé dans une grande couverture rouge bordée de fourrure blanche. Il dormait.

Dans son sommeil, une tête se pencha sur lui. Une tête familière auréolée d'une chevelure de feu, une tête si douce qu'il se pelotonna dans son rêve et qu'il se mit à ronronner. Il crut entendre une voix murmurer, lointaine :

— Eh ! Mais regardez donc qui voilà !

Twdlldm ouvrit enfin les yeux. Sur sa tête, on avait mis un petit bonnet rouge pointu. Entre ses pattes étaient disposés toutes sortes de cadeaux et, devant lui, le petit Roald s'extasiait et battait des mains en riant.

Où était-il allé exactement? Avait-il tout simplement tourné en rond? Personne n'aurait pu le dire. Et il n'aurait pas su le dire lui-même.

LE PETIT PEUPLE

Les gnomes, ça n'existe pas, bien sûr. Tout le monde le sait. Enfin, les adultes le savent. Surtout quand ces adultes sont des explorateurs renommés, des explorateurs polaires, par exemple.

Pourtant, il arrivait quelquefois que le chat de Roald Amundsen posât ses yeux vides sur un point de l'espace, que rien ne semblait distinguer d'un autre. Ou bien il dirigeait une de ses oreilles, une seule, vers un coin de la pièce pourtant totalement silencieux.

Roald se demandait alors :

— Mais que regarde-t-il donc ? Je ne vois rien. Et là, qu'est-il en train d'écouter ? Je n'entends rien.

Dans ces instants-là, le chat le regardait fixement sans rien dire, et si Roald avait alors plongé son regard dans le sien, il aurait peut-être entrevu, sautillant tout au fond d'un insondable abîme vert et faiblement lumineux, de toutes petites formes furtives et joviales.

Des formes de cafetières, des formes de tulipes, des formes de livres illustrés. Et des formes animées, coiffées de petits bonnets pointus, glissant sur l'insaisissable miroir vert serti au fond des yeux du chat.

Mais Roald ne voyait rien de tout cela, il se demandait tout simplement pourquoi, de temps en temps, son chat se précipitait sur un vase comme s'il le confondait avec une souris, ou pourquoi soudain sa patte rayait l'espace vide, vide même de moustiques.

Le chat, de son côté, s'interrogeait aussi.

— Mais ne les voit-il donc pas? Il vient encore de passer à côté d'eux. Tiens, il a failli en écraser un en se jetant dans le fauteuil du salon. Et celui-ci, qui lui fait des grimaces, dissimulé derrière le poêle. Et cet autre, qui lui siffle dans les oreilles. Mais enfin, il est donc sourd?

Non, Roald n'était pas sourd, ni aveugle. S'il ne les voyait pas, s'il ne les entendait pas, c'est parce qu'on ne peut les voir avec les yeux ni les entendre avec les oreilles.

Ils vivaient pourtant déjà chez lui bien avant sa naissance, comme ils vivent dans pratiquement toutes les maisons du monde. Ils changent de nom d'une latitude à l'autre, d'une

époque à l'autre, d'une civilisation à l'autre, mais eux-mêmes restent identiques.

Qui donc? Les gnomes, bien sûr. Gnomes, elfes, kobolds, lutins, qu'importe comment on les baptise. Ils se cachent dans les amphores ou les bouteilles de gaz, sous les cendres de la cheminée ou derrière la prise du radiateur électrique, dans le micro-ondes, derrière le vase Ming, dans la calebasse ou le tupperware. Quand l'un d'eux va commettre une bêtise, renverser le vase de fleurs ou griller le bout de son bonnet à l'ampoule électrique par exemple, le chat de la maison l'envoie promener d'un coup de patte.

Chats et gnomes ne se parlent habituellement pas, mais on ne peut pas dire qu'ils vivent en mauvais termes. Tant que les gnomes ne mangent pas les croquettes du chat...

Dire qu'ils sont invisibles, toutefois, serait exagéré. On ne les voit jamais, d'accord, mais ce n'est pas leur faute. On ne les voit pas parce qu'on regarde ailleurs, ou parce qu'on ne veut pas les voir, parce qu'on pense à autre chose, pour mille raisons. Peut-être aussi ne les voit-on pas, tout simplement, parce qu'ils ne servent à rien.

On a inventé bien des légendes absurdes à leur sujet. Qu'ils viennent la nuit chez de pauvres cordonniers, pour réparer les chaussures à leur place. Quelle bêtise ! C'est faux, bien sûr, archifaux. Demandez aux cordonniers !

Le petit peuple des gnomes est partout. Là-bas en Norvège, dans la maison du petit Roald, il y en avait donc quelques-uns. Les gnomes n'avaient aucune raison particulière de s'intéresser à cet enfant-là plutôt qu'à un autre.

N'oublions pas qu'ils ne servent à rien, ils n'allaient donc pas faire la nounou ou remplacer la télévision (qui d'ailleurs n'existait pas encore à l'époque). Faire des farces, tout au plus, mais garder des enfants le soir, pas question. Il n'y avait pas de raison pour qu'ils changent une façon de vivre établie depuis des millénaires. Pas de raison, sauf une. Et cette raison s'appelait Twdlldm.

Twdlldm n'avait jamais eu de curiosité particulière envers les gnomes. Il les laissait évoluer tranquillement dans la maison, n'intervenant que rarement, quand leurs farces d'un goût parfois douteux risquaient d'avoir des conséquences désagréables pour lui : Twdlldm ne se voyait pas en train d'expliquer à madame Amundsen que ce n'était pas lui qui avait fait tomber le vase qu'elle tenait de sa grand-mère, mais un petit bonhomme coiffé d'un bonnet pointu.

Mais, en dehors de cela, aucun ne s'immisçait dans la vie de l'autre.

L'APPEL DU PÔLE

Pourtant, lorsque Twdlldm revint de son fameux voyage au pays des glaces, les gnomes de la maison se rendirent immédiatement compte que ces yeux verts délavés avaient tout des yeux qui ont vu le pôle.

Lequel des deux ? Aucune importance. Les gnomes savent depuis toujours que les deux pôles sont une seule et même chose. Ils savent aussi qu'en certains endroits connus d'eux seuls, les pôles ne sont séparés que par un vieux rideau à demi moisi, tout au fond d'un couloir sombre et étroit qui serpente sous la terre…

Quoi qu'il en soit, le retour de Twdlldm excita leur curiosité, et ils passèrent la fin de cette année en longs conciliabules en jetant de temps en temps, par-dessus leur épaule, un regard au chat endormi.

Twdlldm, dont l'ouïe s'était affinée inexpli-

cablement depuis son voyage, surprenait fré-
quemment leur bavardage.

— Tu crois qu'il L'a vue? disait l'un.

— Pas possible. Personne ne L'a jamais vue.
Alors un chat, penses-tu! s'exclamait un autre.

— Mais s'il est allé jusque là-bas?

— Y est-il vraiment allé?

— Vous avez vu ses yeux?

— S'il L'avait vue, il serait sûrement resté
là-bas…

— Qui dit qu'Elle y soit encore?

— Elle y a toujours été.

— Alors, Elle y est encore.

— Elle est là-bas…

— Elle est là-bas, toute seule…

— Toute seule…

Twdlldm continuait de faire semblant de
dormir tout en tendant l'oreille. De qui par-
laient-ils donc? Quelle dame merveilleuse
était-il censé avoir vue? La reine des neiges? Il
avait beau remuer ses souvenirs, il était sûr de
n'avoir vu personne, ni là-bas, ni nulle part.

Mais si forte que fût sa curiosité, il était sûr
aussi que jamais plus il ne retournerait là-bas,
dans cette région glacée habitée par des vents
épouvantables. Rien que d'y penser, des glaçons
apparaissaient sur le bout de ses moustaches et
son poil blanchissait.

Pourtant, il y avait dans les conversations des gnomes tellement de fascination, tellement de rêve, tellement d'émerveillement que cette créature mystérieuse grandissait derrière ses yeux verts jusqu'à déborder de son cerveau.

Quand il émergeait de son rêve, Twdlldm voyait parfois les yeux de Roald fixés sur lui, immobiles.

— Pourquoi me regarde-t-il, se demandait le chat. Ai-je bougé une oreille par mégarde? Ai-je observé trop longuement le petit bonnet rouge qui se balançait au lustre du salon? Et lui, ce petit Roald, sait-il quelque chose d'Elle?

Non, Roald ne savait rien d'Elle. Il ne savait rien des gnomes. Il n'y croyait pas. Lui, il ne croyait qu'à la géographie. Et ce qu'il préférait, c'était les romans d'aventures, les récits de découverte, les relations de voyage.

Il adorait les récits qui faisaient reculer les limites du monde, qui faisaient se rétrécir les taches blanches qui représentaient encore sur son globe terrestre les régions où nul homme n'avait posé le pied.

* * *

Un soir, Roald trouva sur sa table de nuit un livre qu'il n'avait jamais vu auparavant, *Les Aventures d'Arthur Gordon Pym.*

Ce livre raconte comment Arthur Gordon Pym, de Nantucket, aux États-Unis, parvint jusqu'au pôle Sud après de multiples aventures. La fin est assez énigmatique. On sait seulement que Pym, juste avant de mourir, au terme de son voyage, a vu apparaître devant lui une immense et mystérieuse figure.

Comment ce livre était-il arrivé là? Il n'y était pas parvenu tout seul, bien sûr. C'était un complot longuement médité entre le chat et le petit peuple. C'est qu'avec les années, Twdlldm avait beaucoup appris des gnomes : il avait découvert comment se glisser dans leur monde.

Ainsi, quand parfois il disparaissait, il n'était jamais bien loin. Il passait chez le petit peuple, tout simplement. Il devenait aussi plat qu'une image et se cachait dans la cafetière, sous le fauteuil, ou dans les fusibles du tableau de distribution électrique.

Il n'était pas loin du tout, il était même là, tout près, sous le nez de Roald, aplati sous son buvard ou plié en deux entre les pages du livre qu'il était en train de lire.

C'est moins extraordinaire que ça en a l'air. Il suffit pour cela de traverser un miroir, ou de faire un petit trou dans l'espace pour s'y glisser, ou encore de fermer les yeux d'une certaine façon. Ça n'est pas plus compliqué.

C'est ainsi que, durant de longues messes basses, Twdlldm persuada les gnomes que si quelqu'un devait La voir un jour, Elle, là-bas, qui était toute seule, toute seule, c'était le petit Roald et pas un autre.

Les gnomes n'y voyaient aucun inconvénient. Eux, ils peuvent se rendre aux antipodes d'un simple claquement de doigts, mais ils pensaient que si quelqu'un se sent la force d'affronter le continent glacé, les vents monstrueux et les froids infernaux, s'il le veut vraiment, alors, qu'il essaie.

Et pour lui donner un petit coup de pouce, ils allèrent voler dans la bibliothèque de monsieur Amundsen un livre qu'ils déposèrent, comme un message, sur la table de nuit de Roald. *Les Aventures d'Arthur Gordon Pym.*

Cette nuit-là Roald ne dormit pas. Il dévora le livre d'une traite. Au matin sa décision était prise : un jour il irait lui-même là-bas ! Il irait jusqu'au pôle Sud. Il irait contempler lui aussi la fabuleuse figure que le pauvre Pym avait entrevue avant de disparaître.

Alors Twdlldm se coucha, une dernière fois, à la dernière page du livre, juste sous la dernière ligne.

Et il commença d'attendre.

LE MANUSCRIT TROUVÉ DANS
UNE BOUTEILLE

Avec les années, Roald Amundsen est effectivement devenu un grand explorateur. À vingt-six ans, il participe à l'une des premières expéditions au pôle Sud et accomplit un exploit : il est le premier à passer un hivernage complet sur le continent antarctique.

Ce n'est que le début d'une longue carrière. Tout au long de sa jeunesse, il a rêvé de se rendre au pôle. Il a lu tous les récits de découverte. Les vrais et les faux. Ceux de Cook et de Jules Verne, de Magellan et de Cyrano de Bergerac.

Souvent aussi il a retrouvé par hasard son livre favori, tombé de la bibliothèque ou posé sur un coin de la table. Mais, au fur et à mesure qu'il grandit, il oublie Arthur Gordon Pym et il se consacre à des études plus sérieuses.

Quelques années après son premier hivernage en Antarctique, il entreprend un nouveau voyage d'exploration. Cette fois il veut découvrir le passage du Nord-Ouest, ce fameux chemin au nord du Canada qui devrait permettre de passer directement de l'Atlantique au Pacifique.

Tous ont échoué avant lui. L'entreprise est énorme, mais Amundsen s'est bien préparé. Son voyage dure trois ans. Nous le retrouvons au cours de l'hiver de 1905, prisonnier dans les glaces de l'Arctique.

C'est le deuxième hiver qu'il passe sur son bateau, immobilisé par la banquise. Il n'y a rien à faire. Pour tromper son ennui, entre deux observations scientifiques, Amundsen fait de longues promenades sur le pack. Il erre à l'aventure, seul, guidé par ses rêves, le nez rougi par le froid.

Ses compagnons respectent sa solitude. Ils savent que, s'il a choisi les expéditions polaires, c'est aussi parce qu'il ne tient pas à rencontrer son voisin de palier à tous les coins de rue.

La nuit est quasi perpétuelle. Quelques minutes par jour seulement le disque solaire affleure à l'horizon et fait briller un court instant les moustaches constellées de petites billes de glace d'Amundsen. Le pack est désert, le soleil est presque mort, la vie semble s'être arrêtée. Ni vert, ni rouge, ni jaune. Pas d'autre bruit

que le crissement de ses bottes en peau de phoque sur la neige glacée. Pas d'autre mouvement que le petit jet de vapeur qui sort du nez d'Amundsen à intervalles réguliers.

— Comment ! C'est donc ça, le passage du Nord-Ouest. Mais quel passage, finalement ? Quel besoin d'aller se congeler pendant deux hivers consécutifs dans cet enfer pour se rendre de l'Atlantique au Pacifique, alors qu'il est question de creuser le canal de Panama sous les tropiques ?

Amundsen regarde l'horizon, sombre, vers le nord. Le pôle est là-bas. Les anciennes histoires lui reviennent, les histoires de son enfance.

Celle du mystérieux courant sous-marin qui relie les deux pôles en passant par le centre de la Terre, celle du petit peuple caché, celle du sphinx des glaces… Il sourit en secouant la tête et en lâchant un nuage de vapeur.

Le soleil va faire sa brève apparition quotidienne, il faut rejoindre le bateau rapidement.

Il tourne les talons pour profiter des rares rayons de l'hiver polaire, et il se met en marche en soupirant, les yeux fixés vers le sud. Le soleil d'hiver est comme un flash malade, noyé dans un brouillard épais. À cette latitude, en cette saison, on peut le regarder en face.

Comme tous les jours le petit jet de lumière pâle a été rapide, mais il a eu aujourd'hui un écho. Un éclat vif comme un clignement d'œil, qui a attiré l'attention de Roald, à quelques mètres à peine.

Déjà la nuit revient. Il se hâte vers l'endroit où la clarté s'est manifestée. Il fait sombre, il a du mal à trouver, il doit tâtonner longtemps. Et, comme toujours dans ces cas-là, au moment où il va abandonner sa recherche et regagner son bateau, il la voit, incrustée dans la glace.

C'est une bouteille. Ce n'est qu'une bouteille. Ici ? Avec précaution, Amundsen la dégage de sa gangue de glace. C'est une toute petite bouteille, vide. Machinalement il la met dans sa poche, puis il se dirige vers son bateau.

Après le repas du soir et une brève veillée avec ses compagnons, Amundsen rejoint sa cabine et se déshabille pour dormir. C'est-à-dire qu'il enlève un de ses manteaux pour se rouler dans d'énormes couvertures.

En accrochant le manteau à la patère, il entend un petit choc contre la cloison de bois, étouffé par la fourrure. Il hésite un instant, car il est fatigué, puis il plonge la main dans la poche et saisit la bouteille.

Le verre s'est réchauffé sous la protection

de la fourrure. Il est maintenant bien transparent. Amundsen élève la bouteille vers sa bougie, et il constate qu'elle n'est pas vide.

Il n'y a pas de rhum, dedans, oh non! Juste un petit rouleau de papier. Fiévreusement il ouvre la bouteille; nerveusement il en extirpe le rouleau; soigneusement il le déplie sur sa table. Et rêveusement il lit…

C'est difficile. Presque toutes les lettres sont effacées. Il comprend cependant qu'il est question des mers du Sud, du pôle, d'un voyage extraordinaire. Il est question aussi d'une créature merveilleuse, mais là le manuscrit devient totalement illisible.

Il n'y a qu'une chose qu'il puisse encore déchiffrer, à la fin. C'est la signature. Ça alors! Amundsen est abasourdi! Et pourtant il lit bien, il ne se trompe pas, c'est écrit en toutes lettres : Arthur Gordon Pym!

EN ROUTE VERS LE SUD

De retour en Norvège, Amundsen est ac-
cueilli en héros. C'est le champion des
glaces, le vainqueur du passage du Nord-Ouest.
Son nom s'ajoute en lettres d'or à la longue liste
des grands découvreurs de terres inconnues.

Bizarrement, Amundsen ne dit pas un mot
de la petite bouteille qu'il a trouvée sur la banquise. Pourquoi ? Il devine sans doute qu'on ne
le croirait pas. Il sait bien que dans les annales
des Sociétés de Géographie, il n'y a pas de place
pour les petites bouteilles.

Et comment le croirait-on, en effet ? L'histoire d'Arthur Gordon Pym s'est déroulée au
pôle Sud. Par quel miracle son message aurait-
il pu se retrouver dans les glaces du Grand
Nord ?

Amundsen n'a cependant pas rêvé. De
temps en temps, chez lui, à l'abri des regards,
il sort la mystérieuse bouteille du coffret dans

lequel il l'a cachée, et il la contemple longuement.

En se laissant aller au rêve devant le minuscule flacon, il se rend compte que ce n'est pas seulement le désir de découvrir des terres inconnues qui l'a poussé à entreprendre tous ces voyages.

Il sent bien que, toujours, il a été guidé par le secret espoir de rencontrer quelque monde merveilleux. Mais il n'en a jamais parlé à personne, car monsieur Roald Amundsen est un explorateur sérieux, qui fait des communications à l'Académie des Sciences.

D'un côté, il refuse de croire lui-même à ce qu'il considère comme le fruit de son imagination. Mais, de l'autre, il prend un certain plaisir à se laisser envahir par ces histoires anciennes. Si c'était vrai, après tout!

Curieusement, quand il admire les reflets scintillants de sa bouteille à la lueur d'une bougie, c'est aux yeux de son chat qu'il pense. Aux yeux de son chat bleu, disparu autrefois, à l'époque où il avait lu pour la première fois les aventures d'Arthur Gordon Pym.

Et lors de ses soirées solitaires, quand il se sent glisser dans le sommeil en tenant la minuscule bouteille dans son poing, il lui semble même entendre miauler, tout près de lui.

Dès le lendemain, cependant, il chasse ces rêves de son esprit et il se remet sérieusement au travail. Il est un savant. Il a un travail important à faire. Il doit préparer une nouvelle expédition polaire.

Les pôles! C'est bien difficile pourtant de découvrir quelque chose, à cette époque-ci. On a déjà découvert depuis très longtemps la Chine, les Amériques, et même la Patagonie. Il n'y a plus rien à découvrir. Il faut donc se contenter des pôles, puisque c'est tout ce qui reste.

En revanche, arriver à l'un des pôles présente un avantage certain : on ne risque pas d'y rencontrer des intrus. Les découvertes antérieures ressemblaient un peu à des fumisteries, se dit Amundsen.

Que penser de Christophe Colomb, de Jean Cabot ou de leurs suiveurs, par exemple, qui prétendaient avoir découvert l'Amérique avant tout le monde? Dans la réalité, en abordant pour la première fois en Amérique, ces voyageurs-là avaient été accueillis par des gens qui y vivaient depuis très longtemps. Tellement longtemps que même les vieux ne savaient plus depuis combien de temps. Des découvreurs comme ça étaient un brin farceurs, non?

Avec les pôles, au moins, pas de surprise de ce genre, pense Amundsen. Le premier arrivé sera bel et bien le découvreur de l'endroit, il y plantera son drapeau. Et il connaîtra la gloire.

Aussi, quand en 1909 il apprend que l'Américain Peary est arrivé le premier au pôle Nord, il sait que maintenant il doit faire vite. Mais il sait aussi que le pôle Sud, celui qui reste, sera pour lui.

LA GNOMESSE

Amundsen marche depuis des jours et des jours dans le grand désert glacé. Le plus grand désert glacé du monde. Le plus inaccessible aussi, puisqu'il recouvre comme une calotte l'extrême bout de la Terre.

Il marche vers le pôle Sud, dans d'interminables champs de glace blanche, sans cesse balayés par des vents qui arracheraient les cheminées et déracineraient les arbres, s'il y en avait.

Mais il n'y a rien, rien que le pauvre Amundsen marchant comme un maudit sur le grand continent antarctique. Ses paupières sont à demi brûlées par le froid, ses joues crevassées, ses pieds brisés.

Pourtant, non, il n'est pas puni. Personne ne l'a envoyé là afin qu'il se repente de quelque crime abominable. Il n'est pas non plus poursuivi par des méchants qui le traquent ainsi jusqu'au bout du monde. Il n'a pas davantage

perdu son chemin en allant chercher ses crois-
sants et en passant tout droit devant la boulan-
gerie à cause de sa distraction. Il n'a pas marché et marché, la tête perdue dans ses rêveries,
jusqu'à se retrouver à l'extrémité de la Terre, là
où seuls le vent et le froid osent s'aventurer.

Absolument pas. Amundsen se trouve là,
mordu par l'air glacé et coupant, transi jusqu'aux os, mort de fatigue derrière son traîneau
et suivi de quelques compagnons efflanqués et
mal rasés, il se trouve là parce qu'il a VOULU
y venir. Cela fait des années qu'il en rêve.

Maintenant il y est enfin, tourmenté par les
vents qui se ruent sur lui à plusieurs centaines
de kilomètres à l'heure, le nez rouge comme
un petit chaperon, avec un poireau de glace qui
pend au bout.

Il est pressé. Il est très pressé. Parce que derrière lui, de l'autre côté du grand continent
glacé, aussi mal en point mais aussi opiniâtre,
vient son ennemi intime. Son concurrent, Robert Falcon Scott.

Scott a le même rêve qu'Amundsen. Lui
aussi il veut être le premier à arriver au pôle
Sud, le premier à le découvrir. C'est pourquoi Amundsen se dépêche, les pieds gelés, les
joues striées de gerçures et la barbe décorée
de glaçons comme un sapin de Noël. On est

le 14 décembre. En plein été, donc. Car ce pays est si curieux que l'été y commence en décembre, et si inhospitalier que même cette saison y est glaciale. Amundsen est à bout de forces. Il sent que, si aujourd'hui il ne trouve pas le pôle Sud, il en mourra. Et la chose n'est pas facile. À quoi peut-il bien ressembler, le pôle Sud ? Un point blanc perdu dans un océan tout aussi blanc : comment le reconnaître ?

Heureusement Amundsen a avec lui ses instruments. Tous les explorateurs se promènent avec leurs instruments. C'est comme ça qu'ils savent où ils arrivent et quelles sont les fêtes locales.

Il sort donc ses instruments à midi, profitant de ce que le vent ne souffle plus qu'à cent cinquante kilomètres à l'heure, et il fait le point.

Et soudain, quelle joie ! D'après ses calculs, le pôle Sud doit justement se trouver là, à quelques centaines de mètres à peine, derrière un petit promontoire blanc qui lui masque légèrement l'horizon en direction du sud.

D'un seul coup ses forces lui reviennent. Et il se met à courir malgré la tempête, malgré ses pieds qui le font atrocement souffrir.

Ces quelques mètres lui semblent aussi longs qu'un tour du monde, ses oreilles congelées résonnent comme des clochettes dans le vent glacé, ses vieilles bottes en peau de phoque dérapent sur la glace vierge, mais malgré tout Amundsen court, court…

Enfin, hors d'haleine, rampant sur les mains et les genoux, il gagne le sommet du promontoire derrière lequel se trouve le pôle Sud. Et là… Là il manque de s'évanouir !

Là, au beau milieu du désert le plus hostile de la planète, après des semaines et des semaines de solitude mortelle, après des semaines et des semaines de souffrances sans nom, ce qu'il découvre devant lui, c'est un petit bonnet rouge pointu. Un petit bonnet rouge pointu surmontant une joyeuse figure…

— Comment ! s'écrie-t-il. Il y a donc déjà quelqu'un, ICI ? !

Amundsen est persuadé que c'est Scott qui est arrivé et qui se moque de lui.

— Enlève ça immédiatement, stupide ! hurle-t-il.

Il est tellement en colère qu'il devient tout rouge, que son crâne se met à fumer, et que la neige commence à fondre autour de ses pieds.

Mais sous le petit bonnet rouge, le sourire n'est pas celui de Scott. Scott est encore bien loin derrière. Ce sourire qui apparaît au milieu des glaces est celui d'une dame. Une dame superbe, rouge et rose, avec des cheveux blancs.

Elle est vêtue d'un splendide anorak rouge bordé de fourrure blanche et d'un magnifique petit bonnet rouge et pointu, très simple. Alors Amundsen comprend son erreur, et il est émerveillé : jamais il n'a vu une pareille femme ! Jamais. Et pour cause. Ce n'est pas une femme ! C'est une gnomesse…

— Bonjour, dit la gnomesse.

Très simplement, elle invite Amundsen à entrer chez elle. C'est très facile, il n'y a qu'à descendre quelques marches, des marches blanches qui s'ouvrent là, au beau milieu de l'étendue glacée.

Amundsen descend. Il descend, descend, descend, suivant le petit bonnet rouge qui se dandine devant lui. La descente lui semble interminable. L'escalier n'en finit pas de s'enfoncer sous la glace, de tourner à droite, à gauche, tantôt raide et étroit, tantôt spacieux.

Enfin, après un temps qu'Amundsen a cessé de compter depuis longtemps, ils se trouvent devant une porte. C'est une vieille porte en bois, passablement vermoulue. La gnomesse pousse la porte.

— Nous y voilà, dit-elle simplement.

Une lumière éblouissante aveugle Amundsen. L'endroit est colossal, c'est une voûte dont les hauteurs se perdent sous un ciel de cristal brillant comme un soleil. Au loin, vers la droite comme vers la gauche, les murs de cette salle démesurée resplendissent comme des falaises de sucre.

Amundsen s'essuie les pieds et entre. À perte de vue, le sol est si blanc qu'il étincelle, même à travers ses vieilles bottes en peau de phoque.

Il se hâte car la gnomesse s'est à peine im-mobilisée. Les yeux rouges et ruisselants de larmes à cause de la blancheur éclatante de la lumière, Amundsen suit à grand-peine le petit bonnet rouge qui sautille devant lui.

Tout au bout, ils arrivent devant une porte énorme dont le cadre, là-haut, est soutenu par des colonnes de glace hautes comme des sé-quoias. La gnomesse s'arrête et se retourne vers Amundsen.

— Vous pouvez laisser votre chapeau dans le vestibule, dit-elle.

Le vestibule! Eh oui! Cet incroyable palais des dix mille et une nuits, ce monument de lumière, ce ciel de cristal de roche, ce n'est que le vestibule de l'appartement de la gnomesse! Amundsen a l'impression de n'être qu'une crotte de souris sur un tapis blanc!

Mais déjà la gnomesse a poussé les énormes vantaux qui ouvrent sur la pièce suivante.

— Passons donc au salon, lui dit-elle en le précédant toujours.

Une brise parfumée et tiède passe dans les cheveux hirsutes d'Amundsen. Ce salon est immense. Tête nue, il avance dans la complainte du vent et les chants de baleines.

Là-bas, vers l'horizon, il devine le jeu puissant des orgues à tempêtes et des trompes à cyclones. Tout autour de lui, comme des courants qui virevoltent autour du petit bonnet rouge, de vastes volutes de musique toute blanche balaient l'immense étendue du salon.

Amundsen déboutonne son manteau et se laisse griser par cette symphonie. Il oublie tout. Il oublie qui il est, il oublie où il est. Quand retentissent les dernières notes, il s'aperçoit qu'ils sont arrivés devant une autre porte.

Celle-ci est encore plus grande que la précédente. C'est un monument de porte. La gnomesse l'ouvre d'un tout petit geste et une ample bouffée de senteurs marines pénètre Amundsen jusqu'à la moelle. Il continue sa marche, toujours aux trousses du petit bonnet rouge, dans ce bain parfumé et doux.

— Ne faites pas attention au désordre, fait la gnomesse. Ce n'est que mon boudoir.

Un boudoir ! Quel boudoir ! Toute l'atmosphère de cette pièce étrange et infinie défile dans les narines d'Amundsen, qui se rend maintenant compte qu'il se déplace les yeux fermés, et qu'il ne voit à travers ses paupières brûlées qu'un petit cône rouge qui oscille devant lui telle la flamme d'une bougie.

Il se laisse emporter doucement par ce tourbillon d'arômes inconnus, longtemps, jusqu'à ce qu'il se trouve soudain devant une nouvelle porte dont les gigantesques battants se perdent dans les nuages. On dirait la porte du ciel lui-même.

Mais la gnomesse ne s'arrête pas. Elle le précède toujours, riant dans des cascades de saveurs miraculeuses.

L'ambiance apaisante de cette antichambre agit comme un baume sur le corps meurtri d'Amundsen. Il se sent plongé dans un bain de jouvence, mais en même temps il a l'impression d'avoir passé des années de sa vie à arpenter les pièces de cet appartement sans fin.

Enfin la gnomesse ralentit sa course. Puis elle s'arrête devant un vieux rideau, un vieux rideau à moitié moisi, tout au fond d'un couloir sombre et étroit qui fait suite à l'antichambre.

— C'est plus confortable ici, dit-elle. Nous y serons mieux.

Elle écarte le rideau et ils pénètrent enfin

dans la chambre de la gnomesse. C'est un réduit obscur creusé à même la terre. Le sol est parsemé de lichens desséchés qui croustillent sous les pieds.

Sur le lit, une simple couverture en peau de poisson. Ça sent un peu la marée. Il fait chaud. Amundsen ne sait que dire. Finalement, il s'assoit sur une vertèbre de baleine que lui désigne la gnomesse.

— Surprenant, non? dit-elle au bout d'un moment.

— C'est vrai, doit reconnaître Amundsen. Je pensais bien être le premier à arriver ici. Hélas! Il n'y a donc pas de découverte possible? Il y a donc toujours quelqu'un qui devance les autres?

La gnomesse le regarde en souriant.

— Bien sûr qu'il y a toujours quelqu'un qui nous précède, dit-elle. Ce monde est vieux, très vieux. Il a tout vu passer. Des algues bleues ou rouges, des dinosaures et des poissons cuirassés, des limaçons et des mammouths, des géants, des nains... Il n'y a pas grand-chose à découvrir dans un monde dont on peut faire le tour. Mais c'est tout de même un monde bien agréable, parfois, car on peut y prendre une tasse de chocolat à cinq heures.

Il est cinq heures, justement. Il fait

vraiment chaud dans cette chambre. Amundsen enlève son manteau pendant que la gnomesse apporte le chocolat. Elle porte toujours son immense anorak rouge bordé de fourrure blanche. Amundsen se demande si elle n'a pas trop chaud.

— Ne voulez-vous donc pas enlever ce manteau et vous mettre à l'aise, vous aussi? demande-t-il timidement.

La gnomesse sourit.

— Oh, ce n'est pas que je ne le veuille pas, dit-elle. C'est que je ne peux pas. Je ne peux pas me déshabiller. Comment ferais-je, puisque je n'ai pas d'habits?

Amundsen est stupéfait. Mais elle a raison. Son seul vêtement, c'est en fait son petit bonnet rouge pointu. Ce qui ressemble à un fabuleux manteau de père Noël n'est pas un manteau, ce sont les souples replis de sa peau rouge vif!

Alors, tandis qu'elle se penche pour lui verser son chocolat, Amundsen effleure du bout de son index la fabuleuse peau rouge de son hôtesse. C'est une sensation indescriptible : tout ce qu'il a pu voir, tout ce qu'il a pu écouter, tout ce qu'il a pu sentir ou goûter au cours de ses multiples voyages autour du monde, tout cela s'efface de sa mémoire au contact de cette peau merveilleuse. Les poils blancs qui la bordent par endroits comme une fourrure le font tressaillir jusqu'à l'intérieur des os. Puis chacun de ses doigts capte sur la peau des sensations de douceur et de calme qui remontent ses nerfs jusqu'à la moelle épinière et l'inondent d'un bien-être qu'il n'a encore jamais éprouvé. Ivre de bonheur, il boit son chocolat, puis il rejoint la gnomesse sur la peau de poisson…

***

Le lendemain, le réveil est pénible. Encore tout engourdi, Amundsen se lève en tâtonnant dans l'ombre tel un somnambule. Il fait noir. Il fait froid. Il est seul.

Il sent au-dessus de lui une trappe en bois munie d'un anneau de fer rouillé. Il la soulève et se hisse péniblement à l'étage supérieur, et là il se laisse tomber, épuisé, sur une couverture de fourrure.

Quand il se réveille de nouveau, il se redresse sur sa couverture et se frotte les yeux. Il se rend compte qu'il se trouve sous une tente. À l'extérieur, le vent souffle en tempête. En rampant vers l'entrée, il s'aperçoit qu'il tient à la main un drôle de petit bonnet rouge pointu. Il passe la tête dehors.

Ses compagnons sont déjà réveillés. Ils vont

et viennent devant la tente. Ils lui montrent fièrement le drapeau norvégien qui flotte sur le pôle Sud, leur drapeau, qu'ils viennent de planter dans le blizzard. Le premier drapeau des hommes à flotter sur ce bout du monde.

— Victoire, victoire ! s'écrient-ils en lui faisant de grands signes.

Amundsen ne répond pas. Il rentre la tête à l'intérieur. Sous la tente, le sol est gelé et compact. Il ne comprend pas. Mais il est temps de repartir. Toujours silencieux, il fait charger les traîneaux, atteler les chiens, et il donne le signal du départ. Sa tente, il décide de l'abandonner là.

Et puis, au bout de plusieurs heures d'une progression épuisante dans la tempête, il se rend compte qu'il a oublié quelque chose, là-bas. Mais quoi ?

Tant pis. Il est trop tard maintenant pour retourner en arrière.

* * *

Pendant ce temps-là, beaucoup plus au nord — c'est-à-dire dans n'importe quelle direction puisque le nord se trouve tout autour —, Scott continue de patauger dans la neige. Ses souffrances comme ses espoirs sont les mêmes qu'Amundsen. Comme lui, depuis des semaines, il ne se nourrit que de figues séchées et de bonbons à l'huile de foie de morue. Mais il ne sait pas, lui, que son rival vient d'atteindre leur but. Et six semaines plus tard, Scott parvient à son tour en vue du pôle Sud, avec ses quatre compagnons.

Hors d'haleine, rampant sur les mains et les genoux, il gagne le sommet du promontoire derrière lequel se trouve le pôle Sud. Et là… Là il manque de s'évanouir !

Là, au beau milieu du désert le plus hostile de la planète, après des semaines et des semaines de solitude mortelle, après des semaines et des semaines de souffrances sans nom, ce qu'il découvre devant lui, c'est une tente, une tente abandonnée là par Amundsen, le vainqueur du pôle Sud. Avec à côté un drôle de petit bonnet rouge pointu.

Alors Scott revient tristement vers son point de départ, abattu, traînant la patte. Il a perdu. Il ne reverra jamais ni son bateau ni son pays, car il meurt d'épuisement, ainsi que ses compagnons, sur le chemin du retour.

Juste avant de mourir, il se demande tout de même ce qu'il pouvait bien y faire, cet amusant petit bonnet rouge pointu, à côté de la tente d'Amundsen. Mais il ne trouve pas de réponse.

LES LARMES POLAIRES

Amundsen, lui, est revenu chez lui. Il a été reçu triomphalement. Grâce à lui, l'homme a enfin fait le tour du monde pour de bon. Amundsen est vraiment le dieu du jour.

Pourtant, au milieu des acclamations et des applaudissements, il reste triste. Il prend un air réjoui pour les photographes, mais au fond de lui la nostalgie ne le quitte plus.

Depuis le 14 décembre 1911, depuis ce jour où pour la première fois il a vu l'inoubliable sourire sous le petit bonnet rouge, il ne s'est pas passé un seul instant sans qu'Amundsen pense à Elle.

Elle est toujours là, tantôt minuscule, assise dans un coin retiré de son cerveau, avec son sourire modeste, tantôt gigantesque, occupant tout l'espace, épousant la forme de sa rêverie.

Lors de chaque nouveau voyage, Amundsen pense à Elle. En enfilant ses bottes il pense encore à Elle, et en regardant défiler les icebergs aussi, et en entendant le vent souffler furieusement.

Et quand il boit une tasse de chocolat, c'est encore pire. C'est comme s'il s'évanouissait, comme s'il quittait son corps pour plonger dans son rêve et tenter de la rejoindre enfin. Mais comment organiser encore une fois une expédition pour le pôle Sud? Qui financerait cet énorme projet pour qu'il puisse retrouver… une gnomesse?

Amundsen se rend bien compte que c'est impossible. D'ailleurs il n'a jamais parlé d'Elle à personne, même à ses compagnons de la première expédition. Il n'aurait pas supporté qu'on se moque de lui.

Finalement, il pressent qu'un retour au pôle Sud avec un bateau, un équipage, des traîneaux pour traverser le continent glacé et des instruments d'étude serait peine perdue.

Plus personne ne l'attend là-bas. La gnomesse est en lui. Elle coule dans son sang, mais chaque fois qu'il L'évoque il ne parvient à saisir qu'un son léger, une odeur ténue, une petite flamme rouge et dansante.

Alors, chaque nuit, il descend dans son rêve et se laisse emporter. Le blizzard souffle sans fin dans un paysage blanc, glacé et silencieux.

Amundsen erre dans ce désert toute la nuit et, au matin, quand il se réveille dans son lit, ses lèvres sont gercées et son nez gelé.

Nuit après nuit, il retrouve la mer de Ross, la baie des Baleines, la banquise éternelle, les glaciers effrayants qui descendent de montagnes culminant à plus de quatre mille mètres.

Depuis longtemps, les vents incessants ont arraché la tente qu'il a abandonnée au cours de sa première expédition. Le petit bonnet rouge a lui aussi disparu, et le pôle est plus nu qu'un chat écorché.

Ces expéditions nocturnes épuisent Amundsen. L'explorateur dépérit. Il perd ses couleurs et inquiète son entourage. Il n'ose pourtant rien avouer. Lui, le héros polaire, le découvreur du passage du Nord-Ouest, le vainqueur du pôle Sud, comment pourrait-il confesser qu'il ruine son sommeil à la recherche d'une gnomesse rouge et blanche qui lui a servi du chocolat sur une peau de poisson?

Il n'attend même plus la nuit pour rêver. De plus en plus souvent, dans la journée, il se laisse tomber dans un fauteuil, ou il enfouit sa tête entre ses bras au beau milieu d'une conférence, et aussitôt il file vers son rêve sur une grande glissoire immaculée.

Amundsen finit par se demander quel est

le monde réel et quel est celui de ses rêves. Il lui semble que sa vraie vie est là-bas, dans le grand désert de glace, alors que ses passages de plus en plus ternes dans son monde d'origine lui font l'effet d'un cauchemar perpétuel.

D'ailleurs, vu de l'extérieur, il a l'air d'une épave ou d'un moribond. L'œil vide, la peau blafarde et ridée, l'échine tremblante, Amundsen se ratatine.

Mais sitôt qu'il descend à toute vitesse sur les pentes du continent blanc, son œil s'allume, ses joues s'enflamment et sa barbe vole au vent. Et il parcourt sans répit le désert de glace en appelant sa gnomesse. Il fait parfois si froid que, le lendemain matin, au réveil, il retrouve l'eau gelée dans la carafe posée sur sa table de nuit.

Amundsen connaît maintenant chaque recoin du pôle Sud. Il l'a parcouru dans tous les sens, il a même réussi à user les bottes en peau de phoque qu'il ne chausse pourtant qu'en rêve. Mais il ne L'a jamais revue. Il est désespéré.

Une dernière fois, il est revenu. Il est revenu au pôle. C'est son dernier rêve. Il est fatigué. C'est la dernière fois qu'il tente l'expérience. Ses yeux sont rouges. Il se rappelle son premier voyage, ce petit bonnet rouge et le sourire simple et chaleureux de la gnomesse.

Mais une fois de plus, il ne trouve à sa place

que ses propres traces, le piétinement de ses vieilles bottes en peau de phoque sur la neige vierge.

Il reste là, voûté, vidé. Et de grosses larmes se mettent à rouler sur ses joues ravagées par le froid. Le froid est si intense que les larmes n'ont même pas le temps d'atteindre la naissance de sa barbe avant d'être congelées sur place. Alors le blizzard arrache de ses joues ces billes chatoyantes et les disperse dans la neige environnante.

La nuit polaire va bientôt tomber. Elle va napper le pôle d'ombre pendant six mois. Amundsen doit le quitter une dernière fois. Il lui faut se hâter, l'hiver ici est fatal. La mort dans l'âme, il tourne le dos au pôle et se met en marche vers la baie des Baleines, suivi de son ombre démesurée.

Alors, au moment où l'obscurité va enfin recouvrir le pôle, au moment où derrière lui tout va s'évanouir dans la nuit polaire, une main rouge et délicate bordée de fourrure blanche émerge lentement du désert de glace.

On dirait qu'une petite plaie vient de s'ouvrir sur la chair blanche et lisse du pôle. La main caresse doucement le sol gelé. Elle y ramasse un à un les petits grains brillants éparpillés par le vent.

Puis elle se retourne et s'ouvre comme une fleur et, pendant un court instant, juste avant de disparaître pour six mois, le soleil mourant illumine une poignée de diamants étincelants, de l'eau la plus pure.

DES NOUVELLES DU CHAT BLEU

— Mais enfin ! Tu y étais presque ! Que fais-tu donc ? Elle t'attend…, murmure Twdlldm.

Allongé comme un sphinx sur une petite table ronde, le chat n'a pas ouvert la bouche. Il ne parle à personne en particulier. On dirait qu'il ne s'adresse qu'à lui-même, en pensée.

Il est là tout seul, dans cette petite chambre pauvrement meublée. Le sol est parsemé de lichens desséchés qui croustillent sous les pieds. Tout près il y a un lit, et sur le lit une simple couverture en peau de poisson…

Il a grossi, il a vieilli, mais il est resté lui-même. La seule chose qui ait vraiment changé, ce sont ses yeux : ils sont presque blancs, maintenant. Et il ne les ouvre pas souvent. Il préfère dormir.

Mais quand par hasard il soulève une paupière, on ne voit, là-bas, tout au fond, qu'un immense désert blanc balayé par le vent. Il

arrive aussi que, perdu dans cette immensité sans tache, on aperçoive un petit point noir, une forme minuscule qui marche, qui marche, qui marche…

Cette silhouette errante est celle d'Amundsen, qui arpente interminablement les solitudes glacées de son rêve permanent.

Il y a une éternité qu'Amundsen n'a pas revu le chat de son enfance. Il le croit mort depuis longtemps, car les chats ne vivent pas aussi longtemps que les hommes.

Et pourtant le chat du petit Roald n'est jamais mort. Cela peut paraître bizarre, mais il n'est jamais mort. Il a disparu. Souvent, durant les longs loisirs forcés que lui occasionnaient ses hivernages dans les glaces, Amundsen pensait à son chat. Il se demandait où et comment il avait bien pu disparaître, comme ça, à l'aube de son adolescence. Cependant, il ne s'attardait pas sur ce qu'il considérait comme des enfantillages, qui le détournaient de son travail scientifique, de ses observations et de ses calculs.

Et c'est bien dommage, car il n'eut jamais l'occasion de se rendre compte que Twdlldm n'avait pas vraiment disparu. Twdlldm n'était jamais vraiment parti. Il était simplement passé de l'autre côté.

De l'autre côté du miroir, là où les mondes

communiquent entre eux, là où parfois les deux pôles ne sont séparés que par un vieux rideau à demi moisi, tout au fond d'un couloir sombre et étroit qui serpente sous la terre…

De l'autre côté des choses, tout simplement. Au fil des années, le chat bleu a vu Roald développer un goût pour les récits d'exploration et les expéditions lointaines. Il s'est glissé de livre en livre, de page en page, il s'est caché derrière les mots ou les illustrations pour, le moment venu, les faire briller aux yeux du jeune lecteur avide de découvertes.

Puis Amundsen a grandi. Il est parti. Il a fait le tour du monde. Partout, de sa cachette, Twdlldm l'a suivi en pensée. Et il est revenu victorieux de l'Antarctique. Il est devenu pour tout le monde l'homme qui a vaincu le pôle Sud.

Twdlldm, lui, était confortablement installé derrière le miroir de la salle de bains, coincé entre le verre et le tain, à cheval entre les deux mondes.

Ce qu'il a vu dans les yeux d'Amundsen, dans ses yeux profonds délavés par le pôle, lui a suffi pour comprendre : un petit bonnet rouge et pointu dansant dans un immense champ de neige blanche.

Alors le chat s'est lentement déplié et il s'est définitivement retiré chez le petit peuple.

Il s'est installé chez Elle, bien sûr. Elle lui a ouvert la porte en toute simplicité. Il a sauté d'un bond sur sa vieille table ronde, et il s'est étendu là de tout son long. Et il a commencé à attendre. À attendre qu'il revienne.

Cela fait des années que Twdlldm n'est pas descendu de la table. Pour quoi faire ? Tous les jours Elle lui apporte un petit poisson et il le déguste lentement, en attendant.

En attendant. Il n'a que ça à faire, attendre, et cela l'occupe une bonne partie du temps. Le reste du temps, il dort.

Parfois, pourtant, il se réveille. Et au fond de ses yeux blanchis, il aperçoit Amundsen qui erre désespérément, à la recherche de sa gnomesse. Il le voit passer tout près d'Elle et, à ce moment-là, il a envie de lui crier :

— Mais enfin ! Tu y étais presque ! Que fais-tu donc ? Elle t'attend…

LE DERNIER VOYAGE

Roald Amundsen n'a jamais remis les pieds au pôle Sud, de peur d'être une fois encore déçu. Quant au pôle Nord, perdu dans une mer de glace, il n'ose pas trop s'y risquer en traîneau.

Il n'ose pas non plus dire pourquoi. Il feint un certain dédain, puisque Peary a déjà réussi cet exploit avant lui, et il déclare volontiers qu'il serait plus original d'y aller en avion.

Et nul ne songe à mettre en doute la sincérité du grand explorateur, vainqueur du pôle Sud. Non, nul ne saurait soupçonner que, si Amundsen ne veut pas poser le pied sur les glaces éternelles de l'Arctique, c'est parce qu'il a peur d'en voir surgir, par un trou invisible, quelque créature de rêve qui le rendra irrémédiablement fou.

Douze ans après avoir planté le drapeau norvégien sur le pôle Sud, Amundsen rate un premier essai de survol du pôle Nord en avion.

Mais trois ans plus tard, il réussit l'exploit avec le pilote Nobile, à bord d'un dirigeable.

Hélas!, c'est trop tard. Deux jours plus tôt, un Américain au nom d'oiseau est passé avant lui. Amundsen est dégoûté. Il en a assez. Cette fois, c'est décidé. Les pôles? Fini, plus jamais. Il va se retirer une fois pour toutes en Norvège et cultiver ses choux. Et ne plus rêver.

Amundsen passe ainsi deux ans dans la tranquillité. Parfois, une partie de son passé lui revient tout de même à l'esprit. Il se renverse dans son fauteuil pendant que défilent devant lui les murs de glace des montagnes antarctiques, les colonnes de traîneaux luttant contre

le blizzard, le drapeau norvégien déployé sur l'extrême bout du monde… et ce petit bonnet rou…

Hum! Amundsen revient brusquement sur terre. Il sort dans son jardin et va voir ses roses.

Et puis, un jour, la nouvelle lui parvient. Le dirigeable tout neuf de Nobile, lequel avait préparé une nouvelle expédition aérienne pour le pôle Nord, vient de s'abattre sur la banquise.

Nobile et ses compagnons sont perdus sur la glace avec leur nacelle brisée. Ils n'ont pu sauver que la radio, qui leur a permis d'envoyer un S.O.S. Mais ce pays n'est pas fait pour des Italiens, même courageux. Ils sont voués à la mort si on ne vient pas rapidement les secourir.

Jamais Amundsen n'est parti sans une longue et minutieuse préparation. Ses voyages ont toujours été remarquablement organisés de longue date, et il s'était juré de ne jamais repartir. Mais là, son ami Nobile est en danger, et il ne le laissera pas mourir.

Amundsen se joint aux secours. Il en vient de partout. Entre autres nations, la France a envoyé un avion, un Latham 47 qui récupère Amundsen en Norvège et repart aussitôt vers le pôle. L'avion décolle de Tromsø le 18 juin.

* * *

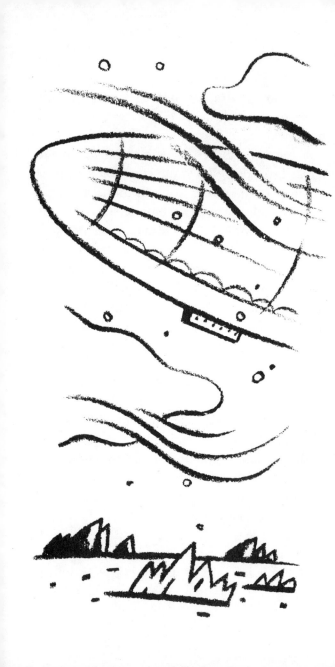

Pauvre Nobile, songe Amundsen en regardant pensivement par son hublot l'aile du Latham qui l'emporte vers son ami. On ne devrait pas mourir congelé sur la banquise quand on est né du côté de Naples. Il se demande si lui-même irait risquer sa vie pour sonder les profondeurs du Vésuve.

À chacun son enfer. Le sien est blanc et désert. Il frissonne rien que d'y penser. Il n'a pas peur, ce n'est pas ça. Il est armé pour lutter contre le froid, contre le vent, contre la météo tout entière. Mais parfois, dans cette blancheur sans tache, de si curieuses choses peuvent surgir…

Surgir. Le mot est à peine articulé par ses lèvres qu'un bruit sec à l'extérieur lui fait l'effet d'une douche froide. En se penchant vers le hublot, il n'a que le temps d'apercevoir un flotteur se détacher de l'aile.

Tout va très vite. L'avion est déséquilibré, Amundsen ne comprend pas ce qu'il lui arrive. Il est brusquement projeté vers l'avant et il perd connaissance…

Entre-temps, Nobile a été sauvé par un avion suédois, et ses compagnons ont été recueillis par un brise-glace russe. Mais Amundsen, lui, ne reviendra pas. C'est fini.

Longtemps après le départ de Tromsø, on

repêchera en mer un flotteur du Latham 47. Ce sera le dernier signe qu'on ait jamais d'Amundsen.

* * *

Le vent souffle. Il y a longtemps qu'il marche. Quand il s'est réveillé sur la banquise, il était seul. Rien de l'avion, rien de ses compagnons. Sans doute a-t-il été éjecté quand le Latham a percuté la glace avant de sombrer.

Nous sommes à la fin du printemps. La banquise commence à s'effriter. Amundsen prend conscience qu'il va bientôt se retrouver prisonnier des glaces dérivantes, qui l'entraîneront lentement vers le sud en fondant, jusqu'à disparaître complètement sous lui et le laisser se noyer. Alors il se met en marche vers le nord, vers l'intérieur, là où la glace ne fond jamais.

Il marche, il marche, il n'a pas le choix. Derrière lui la banquise s'émiette comme un biscuit, comme si le monde s'évanouissait dans son dos au fur et à mesure de sa fuite éperdue. Il ne sait pas si le pilote a eu le temps d'envoyer un message radio avant l'accident. Il ne le pense pas. Cela a été trop rapide.

Et puis, de toute façon, il ne reste rien de

l'avion, et sa course vers le nord risque de dérouter complètement les éventuels secours. Il est perdu, il s'en rend compte. Mais comme le capitaine Hatteras, ses pas le mènent invariablement vers le nord.

L'ennui, c'est qu'il n'a rien à manger. Ici pas de plancton, pas de fraises des bois, pas d'arbre du voyageur. Plus il avance, plus il maigrit, plus il a l'air d'un fantôme, d'un spectre de la neige qui hante la désolation glacée.

Il a des vertiges, des étourdissements ; des taches jaunes ou rouges éclatent parfois devant ses yeux et le laissent aveugle durant plusieurs secondes. Et le soleil pâle qui brille vingt-quatre heures sur vingt-quatre lui lave les yeux comme un bain d'eau de Javel.

Ses oreilles bourdonnent. De temps en temps, il croit entendre derrière lui de petits craquements en cascade, une sorte de rire étouffé et moqueur. Il préfère ne pas se retourner. Il ne veut rien voir, rien entendre, qui ne soit la forme oblongue d'un ballon ou le bruit d'un moteur d'avion.

Mais quand les moqueries dans son dos se font trop indiscrètes, il s'arrête un instant, et si brève que soit son hésitation, cela suffit pour les faire taire.

Le répit dure peu de temps. Rires moqueurs

et quolibets reprennent de plus belle. Amundsen ne s'arrête même plus. L'épuisement a transformé ses muscles en morceaux de bois et il marche sans même s'en rendre compte.

Le soleil oscille lentement derrière lui, vers le sud. L'astre pâle se balance d'est en ouest, comme un pendule d'hypnotiseur, et fait danser devant lui une ombre démesurée qui bat la cadence deux fois par jour.

Les glaces éternelles autour de lui n'en finissent pas de craquer. Il n'y prête guère attention, ses efforts tendent vers un but unique, échapper à la débâcle, gagner le nord. Rien ne saurait l'en distraire. Surtout pas des mirages invraisemblables. Surtout pas ces lutins qui font des pitreries en jaillissant entre deux blocs de glace.

D'ailleurs, ce ne sont pas exactement des lutins. Ce serait plutôt des sortes de lutines, de petits bouts de femmes vêtues de vert, de bleu, d'orange, qui multiplient les pirouettes en montrant leurs genoux.

Amundsen ne détourne pas le regard. L'inlandsis est désert, il l'a toujours été, il doit le rester. Toutes ces créatures qui s'agitent autour de lui ont peut-être un jour pris corps dans les rêves de peuples naïfs, mais elles ne réussiront pas à le troubler.

Cette trollesse, par exemple, habillée de

presque rien, comme si elle se trouvait sous le soleil des tropiques, s'imagine-t-elle vraiment l'émouvoir ? Ni sa danse ni ses grimaces ne parviennent à impressionner les rétines délavées d'Amundsen. Et quand elle se retourne pour lui montrer son derrière avant de disparaître dans une crevasse, Amundsen n'a même pas besoin de fermer les yeux pour ne pas la voir.

Il refuse toutes ces provocations. Il refuse tout ce corps de ballet qui danse autour de lui. De jeunes trollesses en collant rose, des lutines en tutu blanc, presque invisibles sur la neige, mais dont les yeux noirs ont l'air de deux trous ouverts sur l'autre monde, des fées vêtues de brumes vertes et bleues, des sphinx des glaces…

Amundsen passe lentement comme une ombre décolorée, il les traverse comme de simples nuages, et lui-même devient de plus en plus semblable à un nuage. L'extrême fatigue lui monte à la gorge. Sa respiration s'écoule péniblement à travers des râles étouffés. Puis, à quelques pas de lui, il entend un soupir.

Pas un soupir de découragement, pas un soupir de douleur, pas un soupir d'agonie, non, pas du tout. Un soupir d'aise. Un soupir voluptueux. Splendide, parfumée de brise légère et parée de cristaux de neige, une superbe créature est allongée là sur la neige.

Qui est-ce? Une femme elfe, la reine des neiges? Allez savoir. C'est le bonheur en personne, le rêve incarné et dévêtu, la beauté sculptée dans la chair tiède. Encore un soupir. Elle tend le bras dans un geste lent, tout en courbes délicieuses, en un appel irrésistible...

Amundsen est passé sans lui accorder un regard. Toutes ces fées ne savent plus quoi inventer. Cet homme est à jamais perdu pour son monde, mais il semble qu'il le soit aussi pour le leur. Il continue de glisser comme un fantôme vers le nord, là où plus personne ne voudra le suivre.

Il n'en peut plus. Cette fois, c'est la fin. Ses dernières forces l'abandonnent. Ouverts ou fermés, ses yeux ne voient qu'un immense voile blanc qui lui masque le monde. Au moment où il va s'évanouir enfin, il trébuche contre une porte en bois.

Instinctivement il pousse la porte, qui s'ouvre sans un bruit. Le silence est impressionnant derrière la porte refermée. C'est maintenant seulement qu'il se rend compte, dans le calme de cette cabane, que depuis plusieurs jours le mugissement du vent n'a pas cessé de l'accompagner.

À l'intérieur il fait chaud, il fait doux. L'ameublement est rustique mais confortable.

Sur la table ronde est allongé nonchalamment un énorme chat bleu, très vieux, presque aveugle. Le chat lui fait un clin d'œil. Le chocolat est servi.

Amundsen fond littéralement comme neige au soleil. Son corps se ramollit, sa cuirasse s'évapore avec une petite buée, une petite flaque d'eau s'étale à ses pieds. De ses résolutions il ne reste rien.

Il pousse un long soupir, et il se laisse tomber sur la peau de poisson qui sert de couvre-lit. Il ferme les yeux. Un léger parfum se fait sentir.

C'est Elle. Il n'y en a qu'une. Et Elle est là, enfin, avec son petit bonnet rouge et son sourire. Cette fois, ils ne se quitteront plus.

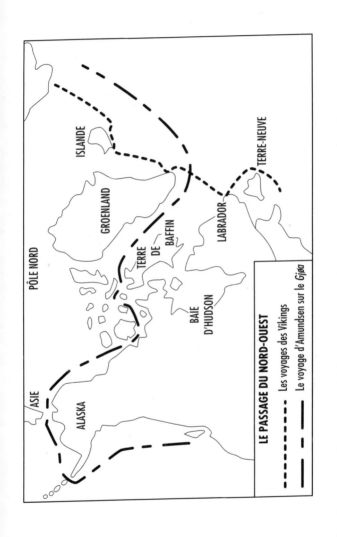

LE PASSAGE DU NORD-OUEST

------- Les voyages des Vikings

— — — Le voyage d'Amundsen sur le *Gjøa*

PÔLE NORD

ASIE

ALASKA

ISLANDE

GROENLAND

TERRE DE BAFFIN

BAIE D'HUDSON

LABRADOR

TERRE-NEUVE

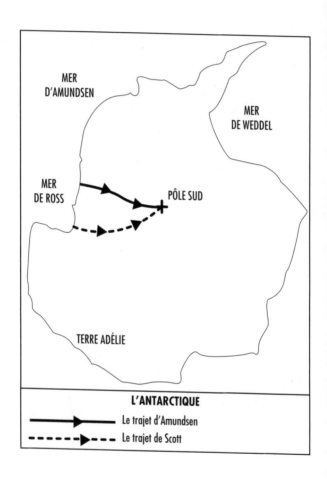

MER
D'AMUNDSEN

MER
DE WEDDEL

MER
DE ROSS

PÔLE SUD

TERRE ADÉLIE

L'ANTARCTIQUE

Le trajet d'Amundsen

Le trajet de Scott

POUR EN SAVOIR PLUS
SUR AMUNDSEN ET
LES EXPLORATIONS POLAIRES

Roald Amundsen a bien existé. C'est un très grand explorateur, né en 1872 en Norvège. La Norvège est le pays des **fjords,** qui sont de profondes vallées côtières envahies par la mer, comme le fjord du Saguenay au Québec. C'est un pays de marins intrépides, l'ancienne terre des Vikings, qui furent les premiers Européens à mettre le pied en Amérique du Nord, aux environs de l'an mil. C'est aussi le pays le plus nordique de l'Europe, porte ouverte sur le monde polaire.

Amundsen a certainement rêvé aux prouesses accomplies avant lui par de nombreux explorateurs. Il connaît Erik le Rouge, qui a découvert le Groenland en 982, et son fils Leif, qui, semble-t-il, est très probablement arrivé quelques années plus tard au Canada, qu'il appela Vinland, le pays des vignes.

Il connaît aussi, bien sûr, les héros de légende : Arthur Gordon Pym, créé par l'écrivain américain Edgar Allan Poe, qui voyage jusqu'au pôle Sud et y découvre de bien curieuses choses ; ou encore le capitaine Hatteras, imaginé par Jules Verne, et qui, atteignant le pôle Nord, devient fou en s'apercevant que celui-ci est situé dans la mer et qu'on ne peut donc pas y planter de drapeau ! Revenu chez lui, Hatteras termine sa vie en d'inlassables promenades, au cours desquelles il se dirige invariablement vers le nord.

En 1898, Roald Amundsen accomplit son premier voyage d'exploration polaire. Il a 26 ans. Il participe à l'expédition d'Adrien de Gerlache de Gomery, qui est le premier à hiverner sur le continent antarctique. C'est une prouesse ! La plupart de leurs prédécesseurs ont approché ce continent inconnu, mais aucun n'a pu y aborder. C'est seulement en 1902 que l'Anglais Robert Falcon Scott, le premier, tente une expédition en traîneau en direction du pôle Sud, sans pourtant y parvenir.

Amundsen, de son côté, a d'autres projets. En 1903, il entreprend de découvrir le fameux passage du Nord-Ouest. Le passage du Nord-Ouest, c'est le chemin mythique que l'on recherche depuis Christophe Colomb, et qui doit permettre d'atteindre les Indes selon un trajet plus court puisqu'il est plus proche du pôle Nord. Beaucoup s'y sont essayé, depuis Jean Cabot dès 1497 jusqu'à John Franklin dont l'expédition disparaît sans laisser de traces en 1847, mais aucun n'a réussi.

Le navire d'Amundsen, le Gjøa, ne mesure que 22 mètres de long, et il lui faudra trois ans pour accomplir cet exploit (on peut voir une maquette de ce bateau au Musée maritime de Vancouver). Durant deux hivernages consécutifs dans les glaces, le bateau d'Amundsen est pris dans le **pack,** la mer gelée qui menace de le broyer. Mais Amundsen et les six compagnons qui l'accompagnent surmontent les obstacles et réalisent enfin ce que tout le monde avait cru impossible.

Amundsen est alors un héros. Cette fois, il va s'attaquer au pôle Sud. C'est un rêve fou, inaccessible. Il faut traverser l'**inlandsis,** immense étendue de glaces éternelles qui recouvre le continent antarctique, au milieu de vents terribles et glacés.

Les Anglais ont envoyé Robert Falcon Scott, qui connaît déjà ces solitudes désolées. Mais Amundsen est le plus rapide. Parti le 20 octobre 1911 de la mer de Ross, il parvient au pôle le 14 décembre. Scott n'y arrivera que 11 jours plus tard, et il n'y trouvera que la tente laissée par son rival. Il mourra d'épuisement sur le chemin du retour.

Plus tard, Amundsen voudra aussi laisser sa trace au pôle Nord, qui a été découvert par l'Américain Peary le 6 avril 1909. En 1923, il tente de survoler le pôle en avion, mais c'est un échec. Il essaie de nouveau trois ans plus tard, à bord du dirigeable Norge, en compagnie de l'explorateur italien Nobile. Cette fois, c'est un succès, mais trop tardif: deux jours auparavant, le 9 mai 1926, l'Américain Byrd a réussi l'exploit en avion.

Le dernier voyage d'Amundsen aura lieu en 1928. Son ami Nobile, qui vient de tenter une ultime expérience à bord de son nouveau dirigeable, vient de s'écraser dans les glaces. Immédiatement, Amundsen part à son secours, à bord d'un avion qui part de Tromsø, en Norvège. L'avion se perdra sur la banquise, et l'on n'aura plus jamais de nouvelles d'Amundsen.

QUI EST LAURENT CHABIN ?

L'auteur : Je suis né en France, loin de Paris, bien que j'y aie vécu plusieurs années. Puis j'ai séjourné en Espagne (Madrid) où je vendais des produits métallurgiques aux industries de l'acier et, enfin, j'ai habité le Pays basque, au bord de la mer, avant de venir m'installer au Canada (très loin de la mer !).

L'idée d'écrire ce livre est venue du désir de faire un cadeau à quelqu'un de très cher pour qui j'ai imaginé l'histoire de la gnomesse.

J'ai écrit très vite, en quelques jours, les contes qui mettent en scène l'explorateur Amundsen, sa rencontre avec la gnomesse et sa quête finale. C'est plus tard que j'ai introduit le chat bleu et l'enfance d'Amundsen afin de faire une histoire complète.

Je n'écris pas spécialement pour les jeunes ; j'écris pour tous ceux qui veulent me lire.

Le Rêveur polaire, particulièrement, s'adresse à tout le monde, jeunes et vieux, même s'il a trouvé place dans une collection jeunesse.

Si je ne pouvais plus écrire, je crois que je ne ferais rien, ou alors, à contrecœur.

Autres titres publiés

Le Peuple fantôme, roman, chez Boréal, 1996.

Maroulène (titre provisoire), contes, chez Michel Quintin, à paraître en 1996.

L'Araignée de la porte, conte, chez l'Œil Sauvage, Bayonne, 1994.

TABLE

« Boréal Junior », c'est quoi ?

Il y a d'abord « Junior » tout court : des romans illustrés, faciles à lire, pleins d'actions et d'émotions, des romans qui te feront rire ou pleurer, trembler et rêver.

Il y a aussi « Junior Plus » : des romans différents, toujours passionnants mais un peu plus corsés pour les passionnés, des romans qui te feront sortir de l'ordinaire et qui t'ouvriront de nouveaux horizons.

Tu as aimé ce roman ?

Tu aimeras aussi l'autre livre du même auteur publié au Boréal :

Le Peuple fantôme